★聆听感悟大师经典

马克·吐温名篇名句赏读

罗剑平　主编

黄河出版传媒集团
阳　光　出　版　社

图书在版编目（CIP）数据

马克·吐温名篇名句赏读 / 罗剑平主编. —— 银川：阳光出版社，2016.9（2024.1 重印）
（聆听感悟大师经典）
ISBN 978-7-5525-3026-1

Ⅰ.①马… Ⅱ.①罗… Ⅲ.①马克·吐温(Mark Twain 1835–1910) – 文学欣赏 Ⅳ.①I712.064

中国版本图书馆CIP数据核字(2016)第234956号

聆听感悟大师经典　马克·吐温名篇名句赏读　　　　　罗剑平　主编

责任编辑　徐文佳
封面设计　民谐文化
责任印制　岳建宁

黄河出版传媒集团
阳　光　出　版　社　出版发行

地　　址　宁夏银川市北京东路139号出版大厦（750001）
网　　址　http://www.ygchbs.com
网上书店　http://shop129132959.taobao.com
电子信箱　yangguangchubanshe@163.com
邮购电话　0951-5047283
经　　销　全国新华书店
印刷装订　永清县晔盛亚胶印有限公司
印刷委托书号　（宁）0027477

开　　本　710 mm × 1000 mm　1/16
印　　张　6.75
字　　数　84千字
版　　次　2016年9月第1版
印　　次　2024年1月第2次印刷
书　　号　ISBN 978-7-5525-3026-1
定　　价　23.80元

前　言

　　世界文学的殿堂就像大自然一样神奇、美丽与朴实，它是世界上才华横溢的一批人用最优美、最自然的表达而描绘出的世界图景。历经时代的考验，这些作品魅力永存，而有这样一批才华横溢的大师也被我们永久记录下来，他们人格的力量一直激励着我们，他们的思想也已融入我们的血液之中。

　　阅读这些大师的经典作品，感悟其中的社会百态和人世间的苦乐善恶，就像与大师在进行面对面的交谈，让人的精神上产生出一种超越、一种支撑、一种理性的沉淀。

　　为了帮助读者朋友更好地阅读古今中外的经典作品，我们精心编辑了这套《聆听感悟大师经典》丛书，希望能把有价值的、经典的书推荐给大家，让大家在有限的时间里能够了解中外经典名作的轮廓，提早感受到名著的魅力，慢慢进入阅读的佳境。本套丛书包括《莎士比亚名篇名句赏读》《雨果名篇名句赏读》《卢梭名篇名句赏读》《李白名篇名句赏读》《鲁迅名篇名句赏读》《徐志摩名篇名句赏读》等，每本书中都配有作者小传和作者肖像，所选内容都是中外文化巨人的优秀作品，通过我们的分类整理，相信会给你一个愉快的阅读体验。

通过对该丛书的阅读,你会发现大师的经典语句与我们的日常生活中有很多的契合点,读书的过程就像聆听大师的亲身教诲一样,使我们懂得生活中的许多哲理。编辑本丛书的目的,并非要取代对原著的阅读,而是让读者在名篇名句的引导和记忆中更好地阅读整部作品并理解整部作品的意境。

　　由于编写时间仓促及编者水平有限,书中难免有不足之处,还望读者批评指正。

　　　　　　　　　　　　　　　　　　　　　　　　编　者

作者小传

马克·吐温

马克·吐温(1835—1910 年),美国作家,塞缪尔·朗赫思·克莱门斯的笔名。1835 年 11 月 31 日生在密苏里州佛罗里达镇,长在密西西比河上的小城汉尼拔。父亲是个不得意的乡村律师和店主,在他 12 岁时去世。他曾学习排字。1851 年在他的哥哥欧莱恩开办的报馆中充当排字工人,并开始学习写作幽默小品。1853 年后在中西部和东部做排字工人。1856 年去新奥尔良,想转道去巴西,在乘船沿密西西比河南下时遇见老舵手贺拉斯·毕克斯比,拜他为师,18 个月出师后在密西西比河上做舵手,直至内战爆发,水路交通断绝。在战争中曾一度参加南军。

1861 年欧莱思被林肯总统派去西部内华达领地政府任秘书,他随同前往,试图在经营木材业与矿业中发财致富,均未成功,便转而以写文章为生。1862 年在内华达弗吉尼亚城一家报馆工作。1863 年开始使用"马克·吐温"的笔名。1864 年,在旧金山结识幽默作家阿·沃德和小说家布·哈特,得到他们的鼓励和帮助,提高了写作的本领。1865 年在纽约一家杂志发表幽默故事《卡拉韦拉斯县驰名的跳蛙》,使他全国闻名。此后经常为报刊撰写幽默文章。1866 年去夏威夷岛采访,1867 年作为记者乘"桂格城"号轮船随一批旅游者去欧洲和巴勒斯坦旅行。他写的报道后来辑成《傻子国记》(1869 年)。

1870 年马克·吐温与纽约州一个资本家的女儿奥莉薇娅·兰登结婚。婚后居住在布法罗,自己编辑发行《快报》,一年后因赔钱过多而出让。1872 年出版《艰苦岁月》一书,反映了他在西部新开发地区的生活经历,其中记载了一些奇闻轶事,特别是富有美国西部特色的幽默故事。1873 年他同查·沃纳合写的《镀金时代》,是他第一部长篇小说。

1871 年马克·吐温举家移居东部康涅狄格州哈特福德,这时他已成为有名的作家和幽默演说家。此后的幼年是他创作的丰收年代。1875 年马克·吐温应豪威尔斯之约,为《大西洋月刊》撰文。他以早年在密西西比河上做舵手的生活为题材,写了 7 篇文章,后汇集成书,名为《密西西比河的往事》。8 年后,他回到家乡,把这本书扩充成为《密西西比河上》(1883 年)。

1876 年,长篇小说《汤姆·索亚出国旅行记》出版。它虽然是以密西西比河上某小镇为背景的少年读物,但为任何年龄的读者所喜爱。书中写淘气的汤姆和他的伙伴哈克贝里·费恩以及汤姆的女友贝姬·撒切尔的许多故事,不少是作者的亲身经历,有许多合乎孩子心理的有趣情节。

马克·吐温的另一部重要的小说《哈克贝里·费恩历险记》于 1876 年开始执笔,1884 年出版。这部小说得到批评家的高度评价,深受国内外读者的欢迎,同时也不断遭到查禁。

马克·吐温于 1889 年出版《在亚瑟王朝廷里的康涅狄克州美国人》,它和《王子与贫儿》(1881)都是以英国为背景讽刺封建制度和宗教的长篇小说。1894 年,马克·吐温写了《傻瓜威尔逊》,塑造了一个富有斗争性的女黑奴罗克西的形象。在这前后,他的家庭遭到不幸:两个女儿一病一死,妻子的健康也恶化;他投资制造自动排字机失败而破产。为了偿还债务,他外出旅行演讲,访问了夏威夷、新西兰、澳大利亚、印度和南美等地。1897 年写成《赤道环游记》,其中讽刺并谴责帝国主义对殖民地人民的压迫,反对帝国主义成为他此后创作的中心思想。1896 年出版《贞德传》,它描写 15 世纪法国民族女英雄贞德的一生。1898 年马克·吐温还清全部债务。1900 年 10 月,在离开美国旅居欧洲几近十年之后,他和全家回到美国,受到热烈欢迎,成为文艺界的领袖。1900 年以后发表的许多时论作品,锋芒仍未削减。

1904 年,妻子在意大利逝世。马克·吐温进入了事业的最后阶段。他早期作品如《哈克贝里·费恩历险记》中已有表现的对"人类"(实为对有产阶级)的悲观情绪,此时成了他一些作品的主调。中篇小说《败坏了赫德莱堡的人》(1900),散文《人是怎么回事?》(1906),故事《神秘的陌生人》(1916)等都有反映。晚年最重要的著作是他口授、由他的秘书笔录的《马克·吐温自传》。

目　录

人生博览

社会

会

人 生

财 富

青 春

幸 福

社 会

历史从来不会重演,但是千变万化的、像万花筒般的现在,看起来常常是由古代传说的片断拼合起来的。

❋ 《镀金时代》

我恼恨那冷酷无情的世人,他们对男人另眼看待,对一个女人就逼得她走投无路。

❋ 《镀金时代》

为整个的文明世界做出一个模范,真是伟大呀!

❋ 《镀金时代》

修铁路原是为了人民的便利,并不是为了叫投机倒把的商人发财的。

❋ 《镀金时代》

这帮人像鹞子老鹰似的聚拢在国会这个肮脏窝里,施展下流无耻的

手段来盗窃国库。

❈ 《镀金时代》

世界上有一大部分人所以能够活得挺不错,大概全仗着自己的发财计划推行到世界上其余的地方去吧。

❈ 《镀金时代》

天知道,我如果不是受过教育,而是愚昧无知,不是这样小心翼翼,而是轻举妄动,那我很可以在这个冷酷自私的世界上成了名哩。

❈ 《我怎样编辑农业报》

老实告诉你,一个人越是一无所知,他就越是有名气,薪金也越拿得多。

❈ 《我怎样编辑农业报》

我了解你们的种族,它是由绵羊组成的,他们给少数人统治着,很少或是从来没有给多数人统治过。他们抑制了自己的感情和信仰,跟随着一小撮最会喊叫的人。有时候那喊叫的一小撮人是对的,有时候是错的;可是那没关系,大伙儿总跟着它。

❈ 《神秘的陌生人》

君主政体、贵族政治、宗教信仰都建筑在你们人类这个巨大的缺点上——一个人对邻人的不信任,和个人为了安全和愉快而想在邻人眼中建立起一个好印象的愿望。这些制度会永远存在,永远盛行;会永远压迫你们,侮辱你们,使你们堕落,因为你们永远并且始终是少数人的奴隶。从来没有一个国家,在那里大多数的人在他们的心坎里是忠实于任

何这种制度的。

❋ 《神秘的陌生人》

贵族盘踞一切高官显位,哪怕他们往往是天生的白痴贵族也罢。

❋ 《傻子出国记》

我简直说不出有多奇怪,这堆男女间的中心人物,像天下最最普通的人一样,站在树下聊天,可他竟然是这么个人物:只消他一张口,轮船就会破浪飞驶,机车就会在平原上奔驰,驿使就会一村又一村地赶路,千百架电报机就会将这句话拍到面积占世界七分之一的帝国的四面八方去,不知多少人就会争先恐后地遵旨办理。

❋ 《傻子出国记》

黑夜掩盖了一切格格不入的情景。

❋ 《傻子出国记》

这个端坐宝座的人,手指一抬,就可以调动海陆军,手里掌握了千百万人的生死大权,但只知吃吃睡睡,睡睡吃吃,陪着八百个宫妃闲游作乐,等到吃饱喝足,睡够玩腻,才打起精神,理理朝政。

❋ 《傻子出国记》

那伟大的帝国只是地球上一个玷辱——一个退化、贫困、悲惨、伤风败俗的国家,民性愚昧,作奸犯科,野蛮残忍,只有无所事事地活到老死,了结庸碌的一生,一抔黄土,化成蛆虫,就此拉倒!

❋ 《傻子出国记》

马克·吐温名篇名句赏读

罗马自称罗马教会是"唯一的正宗教会",才捞到了这个地位,为了保持这个地位,就此排除万难,吃尽辛苦,坚持斗争了千百来年,今后还要这么忙着斗争到世界末日呢。

✽ 《傻子出国记》

人人都说鬼话——无论如何,做生意的总是个个说鬼话。

✽ 《傻子出国记》

乘在一条陌生船上,处在一帮陌生人当中,随便出多少代价都换不到称心如意和重新回到家里的安宁感。

✽ 《傻子出国记》

光提出证据进行控诉,却不让被告辩护,那可不会公道。

✽ 《傻子出国记》

老鼠正在房子里穴墙穿洞,但是他们不去检查猫的牙齿和脚爪,而要研究的却只是它是不是一只圣洁的猫,如果它是一只虔诚的猫,道德的猫,那就行了,决不计较它有没有别的才能,别的才能倒是不重要的。

✽ 《冉·达克》

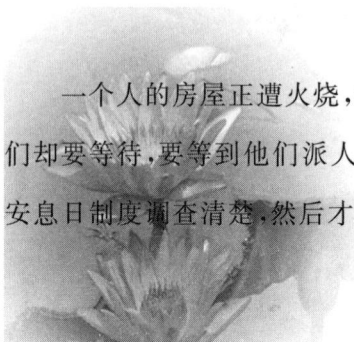

一个人的房屋正遭火烧,按理,人们应该赶快把火扑灭才是,可是他们却要等待,要等到他们派人到另外一个乡村,把这个人是否经常遵守安息日制度调查清楚,然后才让他去救火。

✽ 《冉·达克》

只有得到人民支持的王位才站得住，一旦失去人民的支持，在这个世界上就没有东西能够挽救它了。

※ 《冉·达克》

是要凭伤亡的人数和毁坏的程度来判断战役呢？还是凭它所产生的结果来判断呢？战役大小，应该按它的结果而定，才是正确的。

※ 《冉·达克》

在危险当口和在战争中有必要行使欺诈的时候，为了自己一方的事业而损害敌人，向来是被允许的。

※ 《冉·达克》

在没有证据形成意见的时候硬要造成一种意见，是没有意义的。倘使你造一个没有骨头的人，一眼看上去也许栩栩如生，可是软绵绵得站不起来，证据是意见的骨头。

※ 《冉·达克》

用严刑逼出来的口供，不一定就是事实和真理。

※ 《冉·达克》

那也许是金玉良言，只可惜像一粒种子似的落在颇欠肥沃的土壤上了。

※ 《冉·达克》

一个政治家，要是一有机会就独断专行，丝毫不肯通融办事，又能得

到多大的益处？

✾ 《在亚瑟王朝廷里的康涅狄克州美国人》

无论什么事情，一旦印入这班人的脑子里去，就再也洗刷不掉。

✾ 《在亚瑟王朝廷里的康涅狄克州美国人》

请看，一个有知识、有脑筋、有勇气、有魄力的人，在这儿有多么好的机会，可是，你不知道吗，世界上还有能够战胜聪明和预见的东西呢，那就是笨拙和愚蠢。

✾ 《在亚瑟王朝廷里的康涅狄克州美国人》

跟着国家一同创造基业，渐渐地发达起来。这才是从古以来最伟大的逐鹿之地呢。

✾ 《在亚瑟王朝廷里的康涅狄克州美国人》

只有天上的专制政府，才是那毫无缺点的政府。

✾ 《在亚瑟王朝廷里的康涅狄克州美国人》

凡是革命，要想成功，在开始的时候就必须杀人流血，至于以后可以再用什么别的手段，那就另当别论了。这正是万古不易之法。假如历史能给人一点什么教训的话，它所给人的教训也无非就是这个。

✾ 《在亚瑟王朝廷里的康涅狄克州美国人》

世界上的民族，从来没有靠说仁讲义赢得他们的自由的。

✾ 《在亚瑟王朝廷里的康涅狄克州美国人》

权力这一类的东西,十之八九都是徒具虚名的。

❋ 《在亚瑟王朝廷里的康涅狄克州美国人》

法律的目的,本是量事而施刑。有的时候,却未必能罪当其罚。

❋ 《在亚瑟王朝廷里的康涅狄克州美国人》

说到法律,一般人所知道的往往都只是法律的文学,而不是法律的效果。

❋ 《在亚瑟王朝廷里的康涅狄克州美国人》

我知道,没有专利局和良好的专利法,一个国家也就等于一只螃蟹,走道儿的时候,除了往旁边儿走,就只能往回里倒退。

❋ 《在亚瑟王朝廷里的康涅狄克州美国人》

权尊势重,独掌朝纲,的确是一桩可喜的事情,能使旁观的世人毫无异议。

❋ 《在亚瑟王朝廷里的康涅狄克州美国人》

奴隶制是赤裸裸的,离奇怪诞的,不正当的强取豪夺。

❋ 《马克·吐温自传》

人人都讨厌"做黑人买卖的人"。他被看做一种徒具人形的恶魔。

❋ 《马克·吐温自传》

这个世界由于礼法而遭到了很大损失。当然也得到了很大好处,不过毕竟遭到了很大损失。

❋ 《马克·吐温自传》

马克·吐温名篇名句赏读

在这世界上，真正的惩罚，严厉的惩罚，永久的惩罚总是落到不该受到惩罚的人身上。

✻ 《马克·吐温自传》

在政治社会里，是由有权势的人来决定什么叫做正义，也就是说，有权势的人享有任意制造正义的特权——和取消正义的特权。

✻ 《马克·吐温自传》

过去是国王和“一小撮人”来决定什么叫做正义，什么叫做非正义，这样的权力是真实的，还是虚假的呢？

✻ 《马克·吐温自传》

在我们这样自由制度的国家，任何人只要高兴，只要肯花钱，就能自己毒害自己。

✻ 《马克·吐温自传》

她引以为骄傲的只是世袭罢了，这和典押传下来的东西相比没有什么两样。

✻ 《马克·吐温自传》

我曾见到有十来个男女黑人被用铁链拴在一起，成堆地躺在水泥地上，等着被运往南部奴隶市场上去。我见到了人世间最悲惨的脸。

✻ 《马克·吐温自传》

人们普遍认为，奴隶制度必然的影响是使生活在奴隶制度下的人变

成冷酷的人。我看并没有这样的影响——一般来说并没有。据我看,就对待奴隶制度这件事来说,足以使每个人的人性麻木起来,不过事情就此而止了。

✽ 《马克·吐温自传》

肤色和条件横加给我们一条难以捉摸的界线。

✽ 《马克·吐温自传》

外国人不需要中国人,中国人也不需要外国人,在这一点上,我任何时候都是和义和团站在一起的。

✽ 《马克·吐温自传》

义和团是爱国者,他们爱他们自己的国家胜过爱别的民族的国家。我祝愿他们成功。义和团主张要把我们赶出他们的国家。我也是义和团,因为我也主张把他们赶出我们的国家。

✽ 《马克·吐温自传》

为什么不让中国摆脱那些外国人,他们尽是在她的土地上捣乱。如果他们都能回到老家去,中国这个国家将是中国人多么美好的地方啊!

✽ 《马克·吐温自传》

既然我们并不准许中国人到我们这儿来,我愿郑重声明:让中国人自己去决定,哪些人可以到他们那里去,那便是谢天谢地的事了。

✽ 《马克·吐温自传》

新王(指劳苦大众掌握政权)在开始的时候当然要运用其权力以进行压迫的:所不同的是,他们压迫的是少数人,而他们(按指历史上的统治者)压迫的是多数人。

✳ 《马克·吐温自传》

因为比任何一个国王都要强大的一个力量已经在这个世界上唯一真正献身于自由的土地上崛起,你们凡是有眼睛的都能看到,有耳朵的都能听到:旗帜在飘扬,大军在前进。尽管有人会吹毛求疵,有人会嘲笑,有人会唠叨——对不起,他将要登上皇位,他将要举起王笏,饥饿的人将要得到面包,赤身裸体的人将要有衣穿,绝望的眼睛里将要闪出希望的光芒,骗子贵族将要消灭,名正言顺的主宰将要登位。

✳ 《马克·吐温自传》

世界上有许多幽默的事情;其中之一就是白种人的一种想法:他们认为自己不像其他野蛮人那么野蛮。

✳ 《赤道环游记》

俄国的专制君主掌握的权力比全世界其他任何人都大,但是他却不能制止人家打喷嚏。

✳ 《赤道环游记》

国教原是一种可恶的东西。它沉重地压迫人民;它使老百姓经常战战兢兢,处在神秘的威胁之下,过着悲惨的日子;它屠杀人民来祭它那些奇形怪状的木头和石头的偶像;它吓唬他们,使他们遭到恐怖,把他们变

马克·吐温名篇名句赏读

成教士的奴隶,再通过教士成为国王的奴隶。

❈ 《赤道环游记》

爱国主义就是爱国主义。把它叫做盲目的狂热,并不能贬低它的身价;任何手段也不能贬低它的身价。

❈ 《赤道环游记》

爱国主义毕竟是可敬的——永远是可敬的,永远是高贵的——它有权利昂起头来,傲视世界各国,毫无愧色。

❈ 《赤道环游记》

战争的目的是杀伤敌人,而不是消耗弹药。

❈ 《赤道环游记》

政治家的风度应该以注重手续为主,道义完全可以不管。

❈ 《赤道环游记》

气候是人类的环境造成的。

❈ 《赤道环游记》

残酷的刑罚,并不能叫人相信是有法律根据的。

❈ 《王子与贫儿》

凭借靠不住的证据处理一个人,难免荒唐。

❈ 《王子与贫儿》

即令是最明显、最周全的间接证据,终究还是难免有错误,因此我们

— 13 —

马克·吐温名篇名句赏读

也就应该特别小心地对待它才行。

✤ 《傻瓜威尔逊》

我们和身边所有的人都渴慕地瞭望着海洋的远方,心里一面把我们故乡的苦难日子与那快乐的避难所的丰富舒适的生活相对照。

✤ 《高尔斯密士的朋友再度出洋》

宏伟的新世界本身就是一件珍贵美丽的作品。

✤ 《夏娃日记》

他总想知道所有的那些没有学好手艺的补锅匠、枪炮匠、鞋匠、机匠和铁匠的下场,可是谁也不能给他说个究竟。

✤ 《我的表》

这种卑鄙的说法是一种下流的、无端的谣言,连丝毫事实根据的踪影都没有。像这样诽谤九泉之下的死者,并以谰言玷污他们的令名的无耻手段,竟被人用以博得政治上的成功,这实在叫正人君子看了寒心。

✤ 《竞选州长》

世上有各种各样的人,也有各种各样的食欲。

✤ 《食欲治疗》

人 生

甜酸苦辣全得尝一尝,无论是谁,要打算在世上有点成就,总得打这儿过。

✿ 《镀金时代》

人生是个沉重的负担,是一场幻梦,前途的尽头只是一抔黄土。

✿ 《镀金时代》

在你入席之后,若没有山珍海味,也没有美酒佳酿,尽情的谈笑也能叫满座生春。

✿ 《镀金时代》

一个猴子吃饱了肚子,另一个猴子看见了就妒忌。

✿ 《镀金时代》

美貌和魅力原是两种要命的东西,幸而不是所有的美女全都有魅力,往往是相貌平常的女人反而倒别有一种妩媚动人之处。

✿ 《镀金时代》

聆听感悟大师经典

我们大家多少有些虚伪,我想每人都有装蒜的地方,只要我们想法子去挖的话。

✹ 《镀金时代》

凡是受了凌辱的女子,就力图报仇雪恨,整个社会成了她们进行报复的场所。

✹ 《镀金时代》

少女的一根发丝,劲头赛过二十头牛。

✹ 《镀金时代》

在一个女子从那未定型少女转变成一个成熟的妇人的短短几年当中,善与恶这两种激烈的力量怎样在她的灵魂里互争雄长。

✹ 《镀金时代》

凡跟男人动手动脚的女人,不论出于什么动机,要是打起官司来,总是被陪审官宣告无罪、立即释放的。

✹ 《镀金时代》

男女必须有同等工作能力,才能谈到两颗心的结合。

✹ 《镀金时代》

人生.处处地方都有毒蛇在引诱我们。

✹ 《傻子出国记》

可我还是爱那帮"老出门的"。我爱的是他们那种胡说八道的陈词

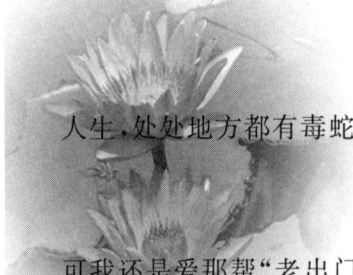

聆听感悟大师经典

滥调；他们那种叫人头痛的惊人才能；他们那种笨得有趣的浮夸；他们那种丰富透顶的想象；他们那种可惊的，才气焕发的，叫人受不了的说谎癖！

❈ 《傻子出国记》

要想把文章写得不偏不倚，公正无私，就跟谈论自己妻子儿女一样办不到。

❈ 《傻子出国记》

每当父女俩目光相接，我就益发看出那位纤弱、腼腆的女学生可以随心所欲地发挥极大威力。俄国的专制君王说句分量轻乎其轻的话，在七千万人眼里，都是法律，可她不知有多少回可以治服这位君王呵！

❈ 《傻子出国记》

人类本性到处一样：对于成功崇拜如神，对于失败，那就只有嘲笑，没有别的了。

❈ 《冉·达克》

一个人的头脑乃是他全身的主宰，并且是最高的统治者，既然如此，身体上就没有哪一部分在执行头脑所发给的命令时还要对于其结果负责任；因此，只有头脑才须对一个人的手、脚或胃所犯的罪单独负责。

❈ 《冉·达克》

我们所做的反对无辜死者的种种事情是怎样刺痛着、燃烧着、啃啮着我们呀！我们在无限沉痛之中说："只要他们能死而复生就好啦！"这

样说固然很好,可是,据我看来,那是没有丝毫裨益的。我认为最好是根本就不做那种事。

❋ 《舟·达克》

真是憾事,你自己的死期已经迫近眼前,你倒还在计划弄死别人。

❋ 《舟·达克》

人生在世,决不能事事如意。反正,遇见了什么失望的事情,你也不必灰心丧气;你应当下个决心,想法子争回这口气来才对。我也就是这个办法。

❋ 《在亚瑟王朝廷里的康涅狄克州美国人》

至于我呢,在人生的旅程中饱尝辛苦,在悠悠的天地间暂寄萍踪,我也无非是想要谨慎小心,谦虚自爱,做一个纯洁、高尚、没有过失的人。

❋ 《在亚瑟王朝廷里的康涅狄克州美国人》

唉,人生在世,必须善处逆境,万不可浪费时间,做无益的烦恼,最好还是平心静气的去办事,想出点儿什么补救的办法来。

❋ 《在亚瑟王朝廷里的康涅狄克州美国人》

可惜的是,在这个世界上,人心里一踏实,马上就得再去找点儿别的烦恼。

❋ 《在亚瑟王朝廷里的康涅狄克州美国人》

说也奇怪,人生在世就是偶有心满意足的时候,结果也还是转眼成空。

❋ 《在亚瑟王朝廷里的康涅狄克州美国人》

世界上最奇怪的事情是，小小的烦恼，只要一开头儿，就会渐渐地变成比原来厉害无数倍的烦恼。

※　《在亚瑟王朝廷里的康涅狄克州美国人》

可恨的是，命运太反复无常了！

※　《在亚瑟王朝廷里的康涅狄克州美国人》

人类精神方面的需要与本能，就跟肉体方面的嗜欲，皮肤的颜色，五官的形状一样，也可以说是各有不同。

※　《在亚瑟王朝廷里的康涅狄克州美国人》

结婚可以说是使得一种奇异的结合凝聚在一个人身上——她的脾气、品性以及我的。

※　《马克·吐温自传》

在我跟人类的接触中，我发现凡是别人具备的品质，没有一项我不具备，至于别人和我之间的差别，那只是程度的变化，防止了单调，如此而已。从广义上说，我们全都一样。

※　《马克·吐温自传》

人类一向有这个独特之处：它保留了两套道德法则——一套私下的，一套真正的，一套公开的，一套矫揉造作的。

※　《马克·吐温自传》

我坚信，人类不应该成为苛刻议论的靶子，唯一正当的感情是对之

表示怜悯。

❋ 《马克·吐温自传》

对自己进行仔细研究并和别人进行比较,并注意一下差别,我就能对人类有个了解。

❋ 《马克·吐温自传》

人间的法规仿佛有这么一条,应得的人得不到,而不应得的人却要什么有什么。

❋ 《马克·吐温自传》

千千万万的人生下来,辛勤劳苦,流血流汗,为面包而奋斗、争吵、责骂、打架,为了细小的利益互相争夺不休。他们年龄一年年大起来,跟着来的是衰老。凌辱和羞耻挫伤了他们的傲慢和虚荣。他们所爱的人给拆散了,人生的欢乐变成了惨痛。痛苦、忧患、不幸,一年比一年深重。到最后,野心死了,傲慢死了,虚荣死了,剩下的只是渴望解脱。最后也终于解脱了——这是泥土留给他们唯一无害的礼物——他们从这个世界上消失了。

❋ 《马克·吐温自传》

没有一个人在一生中不是每天用尽心计,为了自己的利益而牺牲别人,那神人中的神人,凭了他高人一等的智力,把低下的人沦为他的奴仆,而这些奴仆,回过头来,又凭了比别人强一些的脑袋,而高踞于其他人之上。

❋ 《马克·吐温自传》

他们崇敬他们的主人,也就是君王与贵族,并不以身为奴隶为耻——这种奴隶对奴隶制的本质视而不见,相比起来,他们比我们的黑奴还要低贱,因为如果可以这么说的话,由于顺从而变成奴隶,要比被迫沦为奴隶更加卑鄙。

❀ 《马克·吐温自传》

在他默默无闻的时候,他的帽子是六又四分之一号。到后来得意的时候,他的脑袋连一只桶也套不进去了。

❀ 《马克·吐温自传》

一个奇怪的、虚荣心十足的、令人生厌的女人!我看我实在无法喜欢她,除非是在汪洋大海之中的一只木筏之上,见不到其他粮食的时候。

❀ 《马克·吐温自传》

自从开天辟地以来这么多世纪中,在这个最开明的世纪里,竟然生出了这样一个陈腐的、空谈虔诚的伪善者,这样一个嗜血成性的大怪物,这在人类历史上在任何地方都是独一无二的。等他进地狱时,地狱也会自愧不如。

❀ 《马克·吐温自传》

试着干新的行当,正行驶在陌生的海上,需要听到鼓励的话。

❀ 《马克·吐温自传》

我们不可能逃避人生。

❀ 《马克·吐温自传》

马克·吐温名篇名句赏读

傻瓜急于发财,便会冒那么大的风险。

✽ 《马克·吐温自传》

愚蠢的、没有经验的人往往得到不配有的成功,而有知识的、有经验的人往往失败,这有多怪啊。

✽ 《马克·吐温自传》

人的智力是外加给他的一种野蛮的东西,使之远远堕落到其他动物的水平之下。

✽ 《马克·吐温自传》

(他是)一个没有祖国的无脊椎动物。

✽ 《马克·吐温自传》

狗总是机灵得只关心它自己的利益,一旦发生了紧急的意外,不可能为了别人的利益而做什么自我牺牲。

✽ 《马克·吐温自传》

人的心是动物的界里唯一坏的心,人是唯一能够有恶意、忌妒、报复、复仇、憎恨、自私的心理的动物;是唯一爱酗酒的动物;几乎是唯一能受得住身上的肮脏和住处的污秽的动物;是唯一能让叫做爱国主义的这种卑鄙的本能得以充分发展的动物;是唯一会对自己近亲的部族实行抢劫、迫害、压迫与杀害的动物;是唯一会对任何部族成员实行偷窃和奴役的动物。

✽ 《马克·吐温自传》

有人明明是一位老手,却不惜撒谎欺骗,以便对好心肠的朋友进行掠夺,而这些朋友却还真心相信他,以为他是个老实可敬的人哩。

❀ 《马克·吐温自传》

人类中绝大多数的人,不论是野蛮的或是文明的,在暗地里都是心地善良和畏畏缩缩地不敢叫人受苦的人,可是当着一小撮专事侵略和残酷无情的少数人面前,他们就不敢固执己见了。

❀ 《神秘的陌生人》

不论在大大小小的哪一个社会里总有一大部分人,他们的天性既不恶毒也不残酷,他们从来不做什么残酷的事情,除非在他们给恐惧所制服,或者他们自己的利益遭到极大的危害或者有这一类情形的时候。

❀ 《神秘的陌生人》

你们卑鄙的人类就是这样——老是扯谎,老是自以为具有那些实在不具有的美德,却否认那些较高等的动物具有它们(其实只有它们才具备)。野兽从来没有干过一桩残酷的事情——这是有道德心的动物的专利。一只野兽叫别的东西受痛苦是出于无意的,这就没什么不对,因为对它来说,根本就没有"不对"的事情,它叫别的东西受痛苦,并不是出于高兴——只有人才这么干。这就是受了他那种乱七八糟的道德心的鼓舞!

❀ 《神秘的陌生人》

生命本身就是一个幻象,一场梦。

❀ 《神秘的陌生人》

人类是疾病的陈列所，淫秽的产生地；他们今天来，明天去；他们出生的时候是尘土，死亡的时候是臭气。

✤ 《神秘的陌生人》

没有一个神智清醒的人会愉快高兴，因为对他来说，生活是真实的；他瞧得出它是一件令人多么恐怖的东西。只有疯子才会觉得愉快——而且就是这种人，愉快的也不多。幻想自己是君王或上帝的那一些人才是愉快的，其他的疯子并不比神志清醒的人愉快多少。

✤ 《神秘的陌生人》

有时候，一个人的构造和性质使他一生几乎都由不幸的机器操纵着。这种人过了一辈子还不知道快乐是怎么一回事。他接触到的每件东西，干的每桩事情，都给他带来祸患。你看见过这种人吗？对这种人来说，活着是没有什么好处的，对吗？生活只是一种灾难。

✤ 《神秘的陌生人》

每个人都由一部痛苦的机器和一部快乐的机器结合而成的。这两种机器的功能很和谐地配合在一起，带着巧妙、精细的准确性，按照互让的法则工作着。每当一个部门产生一种快乐，另一部门就准备了一种悲伤或者一种痛苦——或许十二种——来冲淡它。

✤ 《神秘的陌生人》

你们从来不怀疑你们所有的动作都是一般大小和一样重要；可是这是真的：对命运来说，捉住一只指定的苍蝇就跟干任何其他指定的事情

一样重大。

❋ 《神秘的陌生人》

一切合乎人道的事情都是令人感动的。

❋ 《赤道环游记》

每个人都是一个月亮,他有一个阴暗面,从来不让任何人看见。

❋ 《赤道环游记》

胆怯的人渴望获得十足的价值,却只要求十分之一。大胆的人要求双倍的价值,结果以取得足价折中了事。

❋ 《赤道环游记》

全人类的弟兄们是我们最宝贵的财产,无论它的价值怎样。

❋ 《赤道环游记》

只要时机到了,人就可以出头——即令他在一千里以外,要靠一个恶作剧地玩笑把他引出来,反正总是不会被埋没的。

❋ 《赤道环游记》

妇女完成了一个和平的革命,而且是很有益的;可是这并不曾使一般男子相信妇女是聪明的,相信她们有勇气、有干劲、有毅力、有吃苦耐劳的精神。

❋ 《赤道环游记》

预防诱惑的方法有好几种,最可靠的一种就是胆小。

❋ 《赤道环游记》

马克·吐温名篇名句赏读

我们很少有人能忍受富裕的境况,我是说别人的富裕。

❋ 《赤道环游记》

当那些载着他们的亲人的船靠任性的风掌握着命运,而没有蒸汽机的设备的时候,只有这些人才知道等待是什么滋味;也只有他们才知道,当船上载着这些宝贝平安归来,开进海港,使他们解除了长期的焦虑时,欢乐又是什么滋味。

❋ 《赤道环游记》

一切天气对于妇女都是一样的。对于她们和其他动物,生活是严酷的,她们所受的奴役并不因任何事故而间断。

❋ 《赤道环游记》

狂热的欲望,会诱出危险的行动,干出荒谬的事情来。

❋ 《王子与贫儿》

大家都说"人生总不免一死,这多么令人难受啊。"——人们活在世上,原是出于不得已,可是居然会发出这种怨言,未免有些奇怪。

❋ 《傻瓜威尔逊》

有些特别的神意使人很伤脑筋——那就是,究竟上天打算叫谁做受益人,每每是一个疑团。

❋ 《傻瓜威尔逊》

财　富

一个人要什么自由就有什么自由,但没绝对自由——没干涉人家或使人痛苦的绝对自由。

❋ 《傻子出国记》

好的榜样难免引起烦恼,别的事情很少有比这更令人难堪的。

❋ 《傻子出国记》

这人一生赈穷济贫,鼓舞弱者,探望病人;无论何时何地,只要他看到人家受苦受难,就会救人脱离苦海。他的心,他的手,他的钱包永远不会拒人千里之外。

❋ 《傻子出国记》

有些人发了财,就头重脚轻了。

❋ 《傻子出国记》

在那儿,一个人发了财,就大大受了尊敬,不管他是多愚蠢的笨蛋,

也当得上立法官,地方官,将军,参议员。

✻ 《傻子出国记》

对一个人是公道的东西,那就必须给别人的也是公平合理的。

✻ 《冉·达克》

他们的生活经验又一次证明了一个可悲的真理——那是已经在这世界上证明过多次的了——那就是:信念对于防止浮华和堕落的虚荣和败德,固然是一种伟大而高洁的力量,贫穷却有它六倍那么大的功效。

✻ 《三万元的遗产》

那些家伙尽管有亿万家财,论品德却是一无所有。

✻ 《三万元的遗产》

暴发的、不正当的巨大财富是一个陷阱。它对我们毫无好处,疯狂的欢乐只是暂时的;可是我们为了这种意外横财,却抛弃了甜蜜而单纯的幸福生活——让别人以我们为戒吧。

✻ 《三万元的遗产》

巨大的财富具有充分的诱惑力,足以稳稳当当地起致命的作用,把那些道德基础并不牢固的人引入歧途。

✻ 《三万元的遗产》

金钱给他带来了苦恼。

✻ 《三万元的遗产》

印第安人认为他们是对的，不过我们现在知道他们是错了，不久也可能是我们错了。因此我现在只是祈祷，但愿只有一个上帝，一个天——或者别的更好的东西。

❀ 《马克·吐温自传》

他很愿意看看它，把它一直看下去；他好像是无论看多久也不过瘾似的，可是他却避开它，不敢碰它一下，就像是这张钞票神圣不可侵犯，可怜的凡人摸也不能摸一摸似的。

❀ 《百万英镑的钞票》

荣华会变得一钱不值，好像从身上脱落下去的碎布片那样。

❀ 《王子与贫儿》

工人和农民财富的创造者。

❀ 《赤道环游记》

每天都有一个公爵的收入那么多的财富从这些年轻的姑娘们手指当中溜过，发出亮晶晶的闪光，但是她们到晚上去睡觉的时候，却还是像早晨起来的时候一样穷。

❀ 《赤道环游记》

有钱的人除了他们自己以外谁也不关心！只有穷人才会同情穷人，帮助穷人。

❀ 《神秘的陌生人》

青　春

黄金时代一去不返。

❀　《傻子出国记》

岁月无情不等人。

❀　《傻子出国记》

年轻人总是希望一切，相信一切的。

❀　《冉·达克》

年轻人能够一下子坠入失望的深渊，但是青年的希望回升起来也快。

❀　《冉·达克》

年轻人的心是生气勃勃的，要想把它勉强压缩在一种不自然的状态中，每一次是维持不久的。

❀　《汤姆·索亚历险记》

儿童不过是人类之父,那么只有极少数人才会怀疑他的成功。

❋ 《马克·吐温自传》

根据我的经验,古今一切时代的男孩子全都是一道货。世界上的东西,哪样他们都不尊重;无论什么东西,无论什么人,都不会被他们放在心上。

❋ 《在亚瑟王朝廷里的康涅狄克州美国人》

有些人嘲笑小学生,说他轻浮浅薄。可是小学生却说:"信念就是相信你明知不对的事情。"

❋ 《赤道环游记》

我们要努力把一生好好地度过,等到死的时候,那就连殡仪馆的老板也会感到惋惜。

❋ 《傻瓜威尔逊》

凡是掌握权威的人都叫人要遵守时间。

❋ 《食欲治疗》

我们计算着每一寸逝去的光阴;我们跟它们分离时所感动的痛苦和悲伤,就跟一个守财奴在眼睁睁地瞧着他的积蓄一个子儿、一个子儿地给强盗拿走而没法阻止时所感到的一样。

❋ 《神秘的陌生人》

幸　福

善良的、忠心的、心里充满着爱的人儿不断地给人间带来幸福。

❋　《镀金时代》

打消了一切忧虑，卸下了一切担子，一时不由感到满足，真好比心里搬开一块大石头。

❋　《傻子出国记》

在多数情况下，一个人一生的快乐跟不快乐几乎是相等的。要不是这样的话，那就是不快乐占优势——总是这样，决不会是反过来那样的。

❋　《神秘的陌生人》

狂乐是一件无法用言语来说明的东西；这种感觉就跟听音乐一样，你不能光是口里谈谈音乐，就能叫别人有同样的体会。

❋　《神秘的陌生人》

不幸的大小，不是由局外人来衡量的，而是由当事人来衡量的。国王所失去的皇冠,对国王来说是大事,而对小孩来说就什么都说不上。丢失的玩具,对小孩来说是件大事,而在国王的心目中是不值得为之心碎的。

✽ 《马克·吐温自传》

毁灭对我来说并不可怕,因为在我出生以来我早就试验过了——一亿年前——而且在今生的一个钟点里,我所遭到的痛苦,要比一亿年中的痛苦加起来还要厉害。世界上另有一种太平,一种宁静。一种无忧无虑、无愁、无烦恼、无困惑,一种对一亿年的节日的欣喜与满足之情。对此,我无限地向往和渴望,希望机会一到,便能再享受一次。

✽ 《马克·吐温自传》

悲伤可以自行料理;而欢乐的滋味如果要充分体会,你就必须有人分享才行。

✽ 《赤道环游记》

苦难要是完结了,好的日子就会到来。

✽ 《王子与贫儿》

在那亲爱的人儿面前,我就像游泳在幸福的海洋中。

✽ 《一个兜销员的故事》

事业纵横

奋斗

人 际

奋　斗

可是我们难道希望靠疯狂行为出名，希望靠神经病发展业务吗？

✽　《我怎样编辑农业报》

这些诗文说到的不是他自己，也不是他的苦境，却是他心灵挣脱牢房，向往膜拜的圣庙——是故乡和心目中的偶像。

✽　《傻子出国记》

无论是庶民，贵族，还是皇亲国戚，都只有一个心愿——不甘心湮没无闻！

✽　《傻子出国记》

难得几个人，拿出勇气和毅力，能专心一意地为尽责任而尽责任，还具有无比的决心，只有这种人才有希望大胆从事记日记的惊人事业，而不遭到可耻的失败。

✽　《傻子出国记》

当一个人的心专注在一桩事情上的时候，这种热情是意义深长的。

✽　《冉・达克》

马克·吐温名篇名句赏读

当一个人的灵魂正在饥饿的时候，只要能够喂饱那个高尚的饥饿，他还管什么没有肉吃和没有屋住呢？

✽ 《冉·达克》

始终不渝地忠于她的信仰和理想；不避酷刑，藐视烈火，而对永劫不复和进地狱受苦的威胁，她的回答是干脆的一句话："要怎么样就怎么样吧，我总要坚守着我的立场，忍受一切。"

✽ 《冉·达克》

她从没诉过苦，诉苦不是她的行径。她是不声不响地忍耐着的那种人。然而她还是一只关在牢笼中的苍鹰，渴望着海阔天空，危崖峻岭，以及狂风暴雨般猛烈的欢乐。

✽ 《冉·达克》

她是这样的人嘛，要是非死不可的话，她却要面对着敌人而死。

✽ 《冉·达克》

"工作！坚持工作！继续工作！"不管什么人采纳那句格言，应用到生活中去，大概总可以成功的。

✽ 《冉·达克》

这种信念的力量是神奇的，它可以使千千万万的老弱信徒和衰弱的年轻人毫不迟疑、毫无怨言地从事那种艰苦不堪的长途跋涉，毫不懊悔地忍受因此而来的痛苦。

✽ 《赤道环游记》

欲望当然是在行动之前，应该首先注意提防；如果始终不给欲望以

打击,不克服它,只顾一次又一次地拒绝那种行为,那是没有多大好处的;欲望仍旧会继续抬头,相持久了,终究会取得胜利,这几乎是必然的结果。

❋ 《赤道环游记》

发誓这种傻事对一个人并不起什么作用——一个人如果没有铁一般的意志,光只发誓是枉然的。

❋ 《赤道环游记》

顽强地应付一切,无论运气好坏,始终不气馁。

❋ 《赤道环游记》

人家不尊敬我们的时候,我们就很不高兴;但是在各人的内心深处,却是谁也不十分尊敬他自己。

❋ 《赤道环游记》

后天获得的才能才有点儿威风,因为那是你自己辛勤劳动得到的成果。那是挣来的工资,而只靠上帝恩赐,不是靠自己努力才能做好事情,那就只能把荣誉归之于上天——这也许是值得骄傲和令人满意的,但你自己呢,却只能是赤条条的,什么也没有。

❋ 《马克·吐温自传》

他这个人从不躲避责任,整日都脑子敏锐,手脚勤快,越忙越快乐,困难越大,负担越重,心里越轻松。

❋ 《马克·吐温自传》

为责任而责任的事,我们是从没有干过的,干的只不过是能使人感

到满意的那种责任。

❈ 《马克·吐温自传》

如果不照顾自己的信徒的意见，就没有一个传道者能够自由发言和全说真话。

❈ 《马克·吐温评价》

你的辛苦往往会得到酬报；到后来这种游历在无意中可以获得一种变化多端、想象不到的有趣经验。

❈ 《一个兜销员的故事》

我不是那种喜欢瞎扯的人，我是讲实干的。

❈ 《一个兜销员的故事》

"工作"就是一个人不得不做的事情，而"玩耍"却是一个人不一定要做的事情。

❈ 《汤姆·索亚历险记》

要是他又聪明、又有志气、又肯努力，那么他所得到的知识和经验就会改变他的作风、思想和嗜好。

❈ 《斯托姆斐尔德船长天国游记摘录》

世界上的人本来全都是人，全都挺身昂首，全都有人所应有的傲骨，人所应有的志气，和那种自创自立的精神；谁要是能够出人头地，主要的都是靠个人的成就，不是靠自己的家世。

❈ 《在亚瑟王朝廷里的康涅狄克州美国人》

聆 听 感 悟 大 师 经典

你得知道,最容易相信,最急于相信,最愿意相信奇迹的人,也就是那最希望你别净说不练的人。

✳ 《在亚瑟王朝廷里的康涅狄克州美国人》

当我们觉得一件事是经由自己的努力而赢得的时候,那即使就是极细微的一件事,也会使我们感到幸福。

✳ 《夏娃日记》

人　际

债务是咬人的毒蛇。

※　《镀金时代》

我们人人都应该做到：有乐与大家同享，尽量使大家快乐。

※　《镀金时代》

我从来不赞助任何牵涉到私人利益的事情，除非从公众的利益着眼，这桩事显得正常而崇高的话。

※　《镀金时代》

请问一个人已经死了还有什么可怕的呢？依我看，活人倒比死人可怕的多呢。

※　《镀金时代》

凡是表面上故作坦白的商人，骨子里必定是个狡猾的狐狸——这样的人个个全都跟狐狸一样狡猾。

※　《镀金时代》

聆听感悟大师经典

一个人受了挫折，谦谦虚虚是最好没有的了，只有这些，受了折磨的心灵才能找到平静。

❋ 《镀金时代》

把面包投入大海——过了若干时日之后，总会得到偿报的。

❋ 《镀金时代》

我过去真无知，竟然在这鲜廉寡耻的骗子手身上浪费了无数感情！今后，我要没完全了解这号人，要没弄清他们是否有资格博得人家的热泪，决不轻易动真情。

❋ 《傻子出国记》

他是老谋深算而且绝顶聪明的，不是一个在反对他的逆流当中徒费精力的人，他懂得等待。

❋ 《冉·达克》

不尊重别人信奉的神就是真正的不敬。

❋ 《赤道环游记》

撒谎的方式一共有八百六十九种，但是其中只有一种是被严格禁止的，不许做伪证陷害你的邻居。

❋ 《赤道环游记》

千万不要碍于交情，随便用人；可是在具有同等条件的人当中，你还是用你所认识的人为好，用你的朋友，总比用陌生人强一些。

❋ 《赤道环游记》

有些人能做一切高尚和英勇的事情，只有一样办不到：那就是不把

— 43 —

自己的快乐事情告诉不幸的人。

❈ 《赤道环游记》

讥笑他的计划的人也从他们的观点看问题,当然有他们的道理,因为他们认为那些土人不过是一些野兽罢了;而鲁滨逊从他的观点看问题,也有他的道理,因为他认为那些土人也是人。

❈ 《赤道环游记》

骗子和他们的伙伴们是非常诡诈、邪恶无比的,而上当的人那方面却未免太迟钝了。

❈ 《赤道环游记》

一个人,即使很有智慧、很有文化,如果对一件不是他的专长的事发表意见的话,这种意见往往是非常愚蠢、非常没有价值的。

❈ 《马克·吐温自传》

他自己不跟人家吵架,可是一旦吵到他头上,他就坚决奉陪。

❈ 《马克·吐温自传》

我一生中经常碰到这样的情况,只要我稍稍偏离一点普通的习惯与规矩,说了真话,听话的人总是听不进去。这是规律。

❈ 《马克·吐温自传》

有些人习惯于把人家对他说的话打一个折扣,不管说的是真的,还是假的。对这些人,不值得自寻烦恼,一下子就把真相告诉他们。

❈ 《马克·吐温自传》

遭到了诽谤,还大事张扬,那是不聪明的,除非张扬起来能得到什么

很大的好处,诽谤很少能经得住沉默的磨损的。

❋ 《马克·吐温自传》

一个有罪孽的人不过是一个有罪孽的人,撒旦正是这样的人,如同其他这类的人一样。其他这类的人怎样才能得救? ——光靠他们自己努力么? 不是的。

❋ 《马克·吐温自传》

我们这个世界,你自己两手空空,人家对你也不理不睬。不论买什么东西,都得多付百分之五十。你受到了恩惠,就得付出一千。事实上,受到了恩惠,也就负了一笔债,这笔债常常越积越高。仿佛遭到了敲诈勒索,你越付,债越高。早晚你会体会到人家给你的好处只是害了你,你但愿从没有过这回事才好。

❋ 《马克·吐温自传》

多做些好事情,不图报酬,还是可以使我们短短的生命很体面和有价值,这本身就可以算是一种报酬。

❋ 《狗的自述》

我极力循规蹈矩,多做正经事,不辜负我母亲的慈爱和教训,尽量换取我所能得到的快乐。

❋ 《狗的自述》

我虽然借了许多钱,却还是小心翼翼地使它不超过我的财产——我是说不超过我的薪金。

❋ 《百万英镑的钞票》

马克·吐温名篇名句赏读

英国人出去参加宴会的时候,照例先吃了饭再去,因为他们很知道他们所要冒的危险;可是谁也不会警告一下外行的人,因此外行人就老老实实走入圈套了。

❀　《百万英镑的钞票》

要挑错总是容易的,只要你有这样的癖好。从前有个人挑不出他的煤炭有什么毛病,就抱怨那里含着史前的蛤蟆太多了。

❀　《傻瓜威尔逊》

有三种最有把握的办法,都可以使一个作家高兴,这三种办法的恭维程度是一个赛过一个的:一、向他说,你已经读过他一部作品;二、向他说,他的书你全都读过了;三、要求他将要出版的作品原稿给你拜读拜读。第一种方法可以赢得他对你的敬意;第二种方法可以赢得他对你的赞赏;第三种方法可以使你成为他的心腹之交。

❀　《傻瓜威尔逊》

假如你捡到一只挨饿的狗,把它养好,它是不会咬你的。这就是狗与人之间的主要区别。

❀　《傻瓜威尔逊》

生气的时候,你就默数四下;大发脾气的时候,你就咒骂吧。

❀　《傻瓜威尔逊》

教养决定了一切。桃子从前本来是一种苦味的扁桃;卷心菜只是受过大学教育的黄牙白罢了。

❀　《傻瓜威尔逊》

在那受着严格限制的实际生活中,他们还是像往常一样——艰苦、勤劳、谨慎、节俭、实事求是。

❋ 《三万元的遗产》

摆脱了奴役和罪恶的束缚,摆脱了庸俗和野蛮,生命就显得有生气了。

❋ 《王子与贫儿》

没有人敢于大胆地在没有航标的大海上冒险前行。

❋ 《王子与贫儿》

哎,无论什么人,你都不能把他一笔抹倒。

❋ 《在亚瑟王朝廷里的康涅狄克州美国人》

同行的人彼此之间也不能不讲礼貌哇。两个同行的人,万不可争行夺市。

❋ 《在亚瑟王朝廷里的康涅狄克州美国人》

不拘让我干什么,只要顺情顺理,我都不会不答应的:我才决不肯一意孤行,走到极端呢。

❋ 《在亚瑟王朝廷里的康涅狄克州美国人》

当一个可怜虫来求你帮助的时候,只要你对于你所施的恩德将引起的后果感到有一些怀疑,那你就让自己得到怀疑的好处。

❋ 《一个兜销员的故事》

一个做了好事的人,不管他是怎样一类人,自己决不会得不到好处的。

❋ 《一个兜销员的故事》

聆听感悟大师经典

　　我的恩人开始说的是他很少给别人提出忠告,可是他一旦提出忠告的话,那就一定是金玉良言。

❋　《败坏了赫德莱堡的人》

　　你决不会预料得到,帮了人家的忙,又没有得罪过他,他可反而这么卑鄙地陷害你。

❋　《败坏了赫德莱堡的人》

　　当一个人在高谈阔论时,以为别人会怀着赞叹的心情聚精会神地听,而结果却发现听的人一声不响地睡着了,这时候,谈话的人总是感到狼狈的。

❋　《汤姆·索亚出国旅行记》

　　他们既然受到了慷慨的救济,当然就希望自己也慷慨地对待其他不幸的人,借此表示人家施之于他们的豪爽精神并不是枉费的。

❋　《高尔斯密士的朋友再度出洋》

哲理智慧

哲　理

经　验

智　慧

哲　理

习惯可以使最敏感的人把他原来顶腻味的事情看得稀松平常。

✳　《镀金时代》

天底下什么样的乐趣是最高尚？天底下什么事最最令人感到得意？新发现！晓得自己走的路，是旁人从未走过的；晓得自己看到的东西，是凡人从未见过的；晓得自己呼吸到的空气，是人家从未吸过的。

✳　《傻子出国记》

多少人费尽心机挖掘的问题范围下，转出个念头，得出个了不起的看法，想出个聪明的好主意。找到颗新行星，想出个关键，摸到条利用电光传达信息的路。

✳　《傻子出国记》

赶在人家前头，干出些什么，说出些什么，看出些什么——就是这些事，叫人感到其乐无穷，比起来，其他的乐趣简直平淡无奇，其他的喜事简直微不足道。

✳　《傻子出国记》

哥伦布,在《品泰号》的护桅索上,高踞虚无缥缈的海面,挥舞帽子,眼巴巴地盯着一片陌生的新世界! 这些人才算没白活——他们才算真正懂得什么叫乐趣,他们长长一辈子的喜事全凑在短短一刹那里头了。

❀ 《傻子出国记》

当地居民只晓得墨守成规,沉湎在昔日美梦中,根本不知道地球是旋转的! 也根本不关心地球究竟是旋转的还是静止的。

❀ 《傻子出国记》

要对于一位著名人物的品格作出正确的估价,就得凭他的、而不是凭我们的时代标准来评判。凭某一世纪的标准来评判,其前一世纪最高贵的人物就会失掉很多光彩;凭今天的标准来评判,那么四五个世纪以前,就可能没有一个杰出人物的品格,能在各个方面都经得起考验。

❀ 《冉·达克》

有些人根本不懂得怎样去改进革新。情势尽快变迁,但是这一些人还是看不出他们也应该随之改变,来适应那些情势。他们只知道那条久经践踏的老路,他们的父亲、祖父走过以后,他们自己也跟着走上去的那条路。假如来了一次地震,把地面震裂得面目全非,浑沌一团,那一条久经践踏的老路只能把人引上悬崖绝壁,导入大沼深泽,这些人仍然不能学会他们必须开辟一条新的道路——不,他们仍然要愚蠢地向前进,循着那条老路趋向死亡和地狱。

❀ 《冉·达克》

依照自然法则的需要和命令干的事,是无可责备的。

❀ 《马克·吐温自传》

设想是有益的,调查出个究竟则更好。

❋ 《马克·吐温自传》

自然的法则是至高无上的,理应优先于人间法规所强加于人生的那些无聊的限制。

❋ 《马克·吐温自传》

这自然法规我认为是最高的法规,一切法规中最具有强制性的法规。

❋ 《马克·吐温自传》

自然法则不是自己创造出来的,品性的软弱与愚蠢决不是它有计划地创造出来的。

❋ 《马克·吐温自传》

人工再巧,也永远改变不了蜘蛛的脾性,让它停止杀害的行径。

❋ 《马克·吐温自传》

熨斗、澡盆、木瓦或是屋顶石板瓦,衣服的发明以及历朝历代的种种进步,都是人们的思维并把观念加以应用的结果。要不是由于这些观念,就不会有这些财产的存在。

❋ 《马克·吐温自传》

世界上动物的生命是从少数细微胚种经过无数纪的发展而来的,也许是开天辟地时造物主安放在地球上的一个细微胚种发展而来的。这种发展是朝着最后的完美逐步进化的,一直上升到人的出现;然后这逐步进化的进程不幸中断,并走向毁灭。

❋ 《马克·吐温自传》

马克·吐温名篇名句赏读

我们总是由于我们所缺乏的优秀品质而钦佩人家、羡慕人家。英雄崇拜的道理即在于此。

✽ 《马克·吐温自传》

我们的英雄们正是干了我们所不得不加以首肯的事，以及我们所干不了因而往往暗暗地引以为羞的事。我们在自己身上没有找到有多少可以值得夸耀的东西，我们总是私下里希望变得像别的什么人。要是人人都对自己心满意足的话，世界上便没有英雄了。

✽ 《马克·吐温自传》

成千上万的天才生下来，又死去了，没有被人发现——没有被他们自己发现，也没有被别人发现。要不是那场南北战争，林肯、格兰特、谢尔曼和谢里登不会被人家发现，也不会升到显赫的位置。

✽ 《马克·吐温自传》

一个天才往往难于发现他自己，也往往难于被亲友所发现。我甚至可以说得更严重些，一个天才——至少是文学上的天才，根本不可能被他的熟人所发现，他们跟他太熟悉了，他处在他们注意的焦点之外，他们不可能看出他的才能有多大，他们不可能体会到他和他们之间有很大的差异。

✽ 《马克·吐温自传》

讲到潜入深处的名望，那就是另一回事了——那潜入深处的：一旦受欢迎，便永远受欢迎；一旦被热爱，便永远被热爱；一旦受尊敬，便永远受尊敬、受推崇、受信赖。

✽ 《马克·吐温自传》

每关闭一所学校,就得多修造一座牢狱。

❋ 《马克·吐温自传》

任何一个有智慧、有智力、有经验的人,突然把原来保护着、掩饰着他对天下几乎所有问题上的真实看法的那堵墙给推倒了,那他马上会被认定是丧失了智力与智慧,应该送进疯人院去。

❋ 《马克·吐温自传》

他如同舞台上硬挤出热情的演员一般,这些人其实心中并无这种感受,只是按照了一些严格制定的程式,以求人为地再现一下就是了。

❋ 《马克·吐温自传》

一个大人物是纯粹由精华化成的。

❋ 《马克·吐温自传》

再好的理论,只要仔细捉摸,总会有漏洞。

❋ 《汤姆·索亚出国旅行记》

要弄清一个事实,最好的方法就是亲自去做调查,不听信任何人所讲的话。

❋ 《汤姆·索亚出国旅行记》

一种传统的习惯每每是越没有存在的理由,反而越不容易去掉它。

❋ 《汤姆·索亚历险记》

第一个出世的人是一个伪君子,一个胆小鬼,这种性质在他的血统里一直到现在还没有消失;一切文明就是在这个基础上建立起来的。

❋ 《神秘的陌生人》

聆听感悟大师经典

世界上大约有一百万种老习惯,这就成了一百万种生活准则,都需要认真保持。

✿ 《赤道环游记》

我们看到一种风俗只要起了头,就能继续流行,因为它的基本精神就是那种巨大的力量——信念;由于穷年累月的惯例和长期的风俗习惯,信念达到了顶点,能够产生惊人的效果。

✿ 《赤道环游记》

人类历史上有许多希奇的事情,其中最希奇的事情之一就是那些亮晶晶的钻石居然在那里呆了那么久,从来没有引起过什么人的兴趣。

✿ 《赤道环游记》

想出新办法的人在他的办法没有成功以前,人家总说他是异想天开。

✿ 《赤道环游记》

从前有一句贺词,非常美妙,像黄金一般宝贵:"你向富裕的山上攀登的时候,希望你不会遇到一个朋友。"

✿ 《赤道环游记》

我以为人类一切的老习惯多少都有几分愚蠢。

✿ 《赤道环游记》

我们对于新奇的事物都自自然然地感到兴趣,而对熟悉的事物发生兴趣,却是违反天性的。

✿ 《赤道环游记》

每天务必做一点你所不愿意做的事情。这是一条最宝贵的准则,它可以使你养成认真尽责而不以为苦的习惯。

✿ 《赤道环游记》

但是习惯成自然,不合适的事情也就显得合适了。

✿ 《赤道环游记》

一个人被锁了起来就特别希望往外面跑。

✿ 《食欲治疗》

世界上没有你受不了的东西,只要你是从小到大受惯了的。

✿ 《在亚瑟王朝廷里的康涅狄克州美国人》

心理方面的老习惯,也真是世界上的一个最难摆脱的东西,跟人的五官生相一样,这也是可以父子相传的。

✿ 《在亚瑟王朝廷里的康涅狄克州美国人》

一个人从小养成的偏见是不能一下子破除的。

✿ 《在亚瑟王朝廷里的康涅狄克州美国人》

由遗传而来的观念,的确是很奇怪的东西,把它观察一下,研究一下,倒也很有意思。

✿ 《在亚瑟王朝廷里的康涅狄克州美国人》

不管是谁,由于积时累日,习与性成,脑子里的这种观念,都已经完全顺着辙儿走了,谁要是打算跟它讲道理,叫它改变改变,那却谈何容易。

✿ 《在亚瑟王朝廷里的康涅狄克州美国人》

聆听感悟大师经典

跟事实一比，理论就显得太空洞了！

❋ 《在亚瑟王朝廷里的康涅狄克州美国人》

预言有两种呢，一种是预言离目前不远的事情，一种是预言远在许多年代许多世纪以后的事情。

❋ 《在亚瑟王朝廷里的康涅狄克州美国人》

习惯是很难打破的，谁也不能把它从窗户里抛出去，只能一步一步地哄着它从楼梯上走下来。

❋ 《傻瓜威尔逊》

别人的习惯比什么都更需要改变。

❋ 《傻瓜威尔逊》

习惯创造的奇迹多么惊人啊！习惯的养成又是多么快和多么容易啊——无论是那些无关重要的习惯还是那些使我们起根本变化的习惯，都是一样。

❋ 《三万元的遗产》

那些与我们文明世界相隔绝的小伙人群，如那些偏僻岛屿上的居民，一般说来都很容易敌视外来的人。

❋ 《奇异快乐的旅行》

经　验

靠南瓜树遮阴是一桩未见成效的事情。

❋　《我怎样编辑农业报》

蛤蜊对音乐根本就丝毫不感兴趣。

❋　《我怎样编辑农业报》

摩尔人像其他蛮子一样,只认亲眼目睹的,对耳朵听到的,书上看到的都不认账。

❋　《傻子出国记》

良机不可坐失。

❋　《傻子出国记》

凡事不可以貌而论。

❋　《傻子出国记》

狗急跳墙,人急上梁。

❋　《傻子出国记》

马克·吐温名篇名句赏读

为了买卖的机会还没有成熟,就把一件东西随便丢弃,那岂不是胡闹吗?

✿ 《在亚瑟王朝廷里的康涅狄克州美国人》

世界上的哪样事情,除非是你亲自经验过的,用言语来形容,都决不能让你觉得有声有色,觉得活眼活见似的。

✿ 《在亚瑟王朝廷里的康涅狄克州美国人》

依照自然和人类心理所提供的自然方式,要发现一件已经忘掉了的往事,总要依靠另一件已经忘掉了的往事,这样才会使它得到复活。

✿ 《马克·吐温自传》

需得在记忆中树起一个危险信号,不致轻易给吹熄或者烧掉,而能固定地树在那里,永远起个警戒作用。

✿ 《马克·吐温自传》

他过分善良——可是这一回却保不住他自己。

✿ 《马克·吐温自传》

对于任何哪一个人,不论他如何聪明,都无法在刹那间就领会一个新的陌生的逻辑,可是隔了一会儿以后,又会觉得那是情理之中的事。

✿ 《马克·吐温自传》

人间的每一项法则,其所以存在,是因为有一项明明白白的目的,唯一的目的。

✿ 《马克·吐温自传》

败军之将是不懂怜悯的。

✿ 《马克·吐温自传》

世界上没有什么事一定不会发生。

✿ 《马克·吐温自传》

没有经受过训练的士兵，即使是最有自信的，也没有人会自告奋勇地要做陆军准将的候选人。

✿ 《马克·吐温自传》

造物主造蝗虫，让它有爱吃庄稼的嗜好；如果是人类造蝗虫，那就使它爱吃沙子。

✿ 《赤道环游记》

我们最好不要挑剔过分吧，能有一些旧钻石，总比根本没有要好一些。

✿ 《赤道环游记》

必要的时候不妨把衣服穿得马虎一点，可是心灵必须保持整洁才行。

✿ 《赤道环游记》

这些美景样样都是值得景仰的，每处都有它的特点，可以算是尽善尽美，但是没有一处美景是举世无双的。

✿ 《赤道环游记》

我们之所以觉得自己的肤色并不难看，只是因为看惯了。

✿ 《赤道环游记》

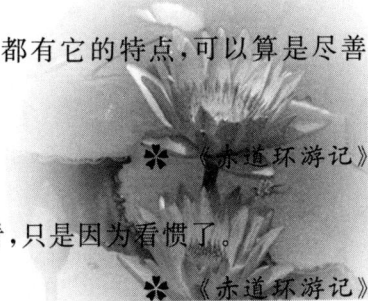

要伤透你的心，那就需要你的仇人和你的朋友合作才行；一个对你进行诽谤，另一个把消息告诉你。

❋ 《赤道环游记》

我们应该当心，只从一种经验里吸取它的聪明智慧——到此为止；否则我们就会像一只坐在火炉盖上的猫。它决不会再在火炉盖上坐下——这固然很好；可是它也决不会再在冰冷的火炉盖上坐下了。

❋ 《赤道环游记》

千万年来被人容忍的罪行，自然就不算是罪行，反而成为美德了。

❋ 《赤道环游记》

一个人也许没有什么坏习惯，却可能有更坏的习惯。

❋ 《赤道环游记》

我们只要把事情做得对，并且努力地干，那就能得到别人的赞许；但是我们自己的赞许却比这个强一百倍；可惜还没有找到什么办法，获得自己的赞许。

❋ 《赤道环游记》

留在外面比从里面摆脱出来要容易一些。

❋ 《赤道环游记》

一个人要做许多事情，才能使别人爱他，他要做一切的事情，才能使人羡慕他。

❋ 《赤道环游记》

一有机会，人就可以出头。但是不到时机成熟，人却千万不该出头，

— 62 —

否则就把一切的事都弄糟了。

✽　《赤道环游记》

圣经上也说过,"被烧伤的孩儿不碰火!"

✽　《汤姆·索亚出国旅行记》

尽管人们把知识的重要性吹得天花乱坠,但是人的直觉在指导人正确行动方面,却比知识还要重要一百倍。

✽　《汤姆·索亚出国旅行记》

智　慧

只有在肚子饿了的时候，才能体验出饥荒的滋味。

❀　《王子与贫儿》

火柴是可以吸引电光的，可是它决不能产生电光。

❀　《麦克威廉士太太和闪电》

我猜想迟早总会有一天西洋镜要被拆穿，可是我既已下水，就不得不泅过水去，否则就会淹死。

❀　《百万英镑的钞票》

朋友，你对一个陌生人可别单凭他的穿着来判断他的身份吧。

❀　《百万英镑的钞票》

为了要使一个大人或小孩子极想干某样事情，只需要设法把那件事情弄得不易到手就行了。

❀　《汤姆·索亚历险记》

两件在性质上和彼此间的距离上都不能相比的东西，我们是没法拿

来比较的。

❀ 《神秘的陌生人》

一只好表总是一只好表,让钟表匠得到机会修理一下就糟了。

❀ 《我的表》

一匹好马总是一匹好马,让它出去野跑一次之后就不行了。

❀ 《我的表》

光说废话没有用。

❀ 《罗马卡庇托尔博物馆的维纳斯女神像》

皱纹不过是表示原来有过笑容的地方。

❀ 《赤道环游记》

办一件事不能死按一套办法。

❀ 《两个小故事》

情感世界

友情　情

爱　情

友　情

一旦朋友有难,或者事关道义,他显得毫无自私自利之心,总是挺身而出,排除万难。

❀　《马克·吐温自传》

我们遇见的时候还是陌生人。半个钟头以后,我们分手的时候已是朋友。会见是偶然的机会,是没有预料到的,可是对我来说,这是值得怀念的,是我交了好运。

❀　《马克·吐温自传》

罗杰斯干这些好事时,既不损害我的自爱,又不挫伤我的自尊。是啊,他干得这么艺术,如同是由我自己干的一般。他从没有一点儿痕迹,从没有一点儿暗示,从没有一句话透露一点点儿有恩于我的意思。

❀　《马克·吐温自传》

友谊的书信往还是对人最有好处的。

❀　《我给参议员当秘书的经历》

无论是朋友或是生人遭到了危险,我们都要大胆地承担下来,尽力

帮助人家,根本不考虑自己要付出多大的代价。

❁ 《狗的自述》

人家的款待如果是由于自己的真心努力换来的,并没有耍什么不道德的花招,那就分外有价值,有味道。

❁ 《汤姆·索亚历险记》

如果不借钱的话,神圣的友情是非常甜蜜,非常牢固,非常忠诚而持久的,它可以终生不变。

❁ 《傻瓜威尔逊》

爱 情

在我的眼里,你是我的一切。

❋ 《镀金时代》

她越拒绝,他越倾心,天鹅肉吃不到口更是馋人。

❋ 《镀金时代》

爱情到来的时候,你既不能和他理论,也不能跟他讲价钱。

❋ 《镀金时代》

古往今来哪有一个坠入情网的女人能够三思而行的?

❋ 《镀金时代》

受了创伤的心也可以让爱情把它医好。

❋ 《镀金时代》

两人鱼雁相通,络绎不断,她用字不加考虑,忠贞不二,矢死不渝;他却措辞严峻,活脱一副行文精练的修辞学家嘴脸。她写出热情洋溢、杂乱无章的句子,倾吐衷曲;他却报以精工雕琢的论文,郑重其事地分什么

— 71 —

马克·吐温名篇名句赏读

大标题和小标题,前言和大纲。她心头那分爱想得出多少柔情蜜恋的昵称,一古脑儿都用来称呼他;他却打那颗北极一样冰冷的心里,称呼她作"娇妻"!

❋ 《傻子出国记》

她是我的生命,她去了,她是我的财富,我是个乞丐了。

❋ 《马克·吐温自传》

在接吻中,在拥抱中,在慕恋的话语中,她倾注了热恋的心情,而其语言的无比丰富往往叫我大为吃惊。在慕恋的语言和爱抚方面,我天生是保守的,而她将这些倾注在我身上的时候,却像大海上的波涛冲击着直布罗陀海峡。

❋ 《马克·吐温自传》

写情书的人深知别的人不会看到他所写的话,从而表露心曲时可以无拘无束。

❋ 《马克·吐温自传》

人的心灵活动,最坦率、最无拘束、最秘而不宣的成果要算是情书了。

❋ 《马克·吐温自传》

她关心我的声誉胜过其他的一切。

❋ 《马克·吐温自传》

心心相印,是从我心里像打电报似的把一个念头传到了她心里。

❋ 《赤道环游记》

而现在,能够吃饱萨勒亲手烹调的可口饭菜,他看起来健壮多了。他的话也多起来,甚至爱笑了。他学会了讲幽默故事,并喜欢讲给萨勒听,看她会不会在可笑的地方大笑起来。

✽ 《他是真心爱我的》

聆听感悟大师经典

曲艺杂谈

知　识

书　报

文　艺

知　识

世界上任何知识都不会没有用的。

❋　《镀金时代》

两个人无知的程度，加在一起，真是令人可怕到万分，就如同亲眼看到银河垮下来，一片片、一块块地穿过天空一般。遇到真正需要勇气，不论道义上的或生理上的勇气的时候，他们便不行了。

❋　《马克·吐温自传》

我们总是希望灵魂不灭，不过我倒并没有这种希望。我经历过了今生，这就够了。至于来生，那是另一次的实验了。

❋　《马克·吐温自传》

我把这几本各有偏见的书所提供的见证融化在一起，再加上那些各有偏见的国会证词，把全部材料搅合起来，倒在我自己的(有偏见的)模子里，我就把那个南非洲局势的难解的谜大致弄清楚了。

❋　《赤道环游记》

书　报

　　这个世界如果还有什么真正的公道的话，那么，一本书中的观念，应该跟那些为不动产和地球上其他所有财产创造了价值的观念的平起平坐。

❋　《马克·吐温自传》

　　两本书都有很大的特点——明晰、直率、朴素，没有装腔作势，诚实，对朋友、对敌人都很公正，具有战士的直率、坦白和质朴无华。

❋　《马克·吐温自传》

　　一个人必须既是作家，又是出版商，对这两种行当都吃过苦头，才有资格到各国的国会或者议会的版权委员会去，提出一些有价值的意见。

❋　《马克·吐温自传》

　　所有的出版商都是哥伦布，而成功的作家便是他们的新大陆。

❋　《马克·吐温自传》

　　不过，只要你穿上潜水衣潜下去，潜下去，再潜下去，一直潜到人口密集的地区，那个永远做苦工、挨饿的、见不到天日的地区，你就会发现

成百万册他的书。有这个市场的人，财是发定了，黄油面包是稳稳到手了，因为这些人永远不会丢弃它。

✲ 《马克·吐温自传》

浮在上面，他们的偶像可能是泥巴做的，上面涂了颜色，然后褪了色，剥落了，弄碎了，刮跑了，因为那里有风云变幻。可是在下边深处，他还是黄金一般、坚硬无比，摧毁不了。

✲ 《马克·吐温自传》

书面的东西不是为了口头讲的；书面的东西是文学形式的，是生硬的、刻板的，不适宜于口头讲——口头讲的目的只是娱乐性的，不是为了教训。这些文字须得加以调整、拆散、通俗化、日常口语化，不然，全场会厌烦，得不到娱乐。

✲ 《马克·吐温自传》

“优秀作品”——这就是大家都称赞、却又不读的书。

✲ 《赤道环游记》

要传播错误的消息，最有把握的办法每每是严格地报导实际情况。

✲ 《赤道环游记》

世上的书不够记载印第安人和其他毫无根据的人们所作的预言；可是任何人都可以把所有应验了的预言的记载，带在他的大衣口袋里。

✲ 《滑稽自传》

我从来没有见过一支笔像这样恶毒地连划带勾一地往下乱涂，像这

样无情地把别人的动词和形容词乱划乱改。

❀ 《田纳西的新闻界》

新闻事业的天赋的使命是传播真实消息,铲除错误,教育、改进和提高公众道德和风俗习惯的趋向,并使所有的人更文雅、更高尚、更慈善,在各方面都更好、更纯洁、更快乐。

❀ 《田纳西的新闻界》

有许多本来算不了什么的东西,因为宣传得法,就居然变成了不起的东西。

❀ 《在亚瑟王朝廷里的康涅狄克州美国人》

报纸正是把死气沉沉的国家从坟墓中唤起的暮鼓晨钟,这可请你不要忘记。没有报纸,就没法儿让一个国家起死回生,什么法子也没有。

❀ 《在亚瑟王朝廷里的康涅狄克州美国人》

文 艺

小说家描写女人的行为所以会失败，就因为他们只凭着自己在某一回看见过某个女人有过某种行为，便把这种行为加到书中女人的身上来。

❋ 《镀金时代》

不管我的文章是否有见地，至少是老老实实写的。

❋ 《傻子出国记》

我们对那地方颇感兴趣，如果确实知道铁面人是谁，身世如何，为何受到这离奇古怪的刑罚，那么兴趣决不会这么浓厚。神秘啊！那就是魅力所在。

❋ 《傻子出国记》

诗歌传奇中的威尼斯竟又出现在眼前。只见长长两排气势雄伟的云石宫殿耸立在河岸边，小艇来来往往地轻捷划着，一下子穿过突如其来的大门和小巷，不见了影踪；笨重的石桥在粼粼水波中投下黑影。到处都是熙熙攘攘，热热闹闹，但又是岑寂无声，好一种偷偷摸摸的宁静，

不由得使人想起江湖好汉的秘密勾当、爱人情侣的秘密幽会;共和国时代的阴森古邸,半披覆着月光,半笼罩着怪影,仿佛流露出一副神气:这时也在留神注意这种秘密勾当。

❋ 《傻子出国记》

这帮作者描写景色,信笔乱扯,一般小角色都不用自己眼睛观察,总是照着作者的眼光观察,说起话来也总是拾人牙慧。

❋ 《傻子出国记》

天上万里无云,夏风爽人,眼前不见浪涛排山倒海,只见水波粼粼荡漾,欢腾地闪着灿烂阳光,脚下一片大海蓝得如此出奇,蓝得如此深湛、明亮,那份迷人的魅力,连感觉最迟钝的人都不由为之神往。

❋ 《傻子出国记》

劝导的姿态,吁请的声调,以及恳求的神情,这一切都是帮助语言而使语言生动活泼的东西,试问去掉这些东西,议论的价值还剩下多少? ——能够说服谁呢?

❋ 《冉·达克》

她作为传记家值得称道的,是她把称颂和批评分配得公正而匀称。

❋ 《马克·吐温自传》

这些话显示了她那诚实的心所孕育的那古怪而有趣的质朴,而这是一颗美丽的孩子的心。由此而派生出来的一切,自有其魅力。它超越了一切公认的文学法则,但恰恰是文学,仍是值得人们欢迎的。

❋ 《马克·吐温自传》

也有若干本书怎么也不肯写出来。它们年复一年，在原地不动，怎么也不肯听从劝说。倒不是因为这样一本书不值得写——而只是因为故事的恰当形式还没有主动出现。

❀ 《马克·吐温自传》

一部书往往写到中间便肯定会叫你感到厌倦，不肯再往下写了。非得经过一阵休息，才会重新激发起精力和兴趣。非得经过一段时间，才能把已损耗的原料重新补充起来。

❀ 《马克·吐温自传》

无意识的剽窃何罪之有。说我天天在这么干，他也天天在这么干，世上每一个写字的，或者说话的，活着的人天天在这么干，而且不只是干一两回，而是只要一张嘴就这么干。

❀ 《马克·吐温自传》

人类不能用一句话描述出来。每个人非得一个个加以描述才行。这个是勇敢的，那个是胆小的；一个是文雅和善的，另一个是凶恶的；一个是傲慢虚荣的，另一个是谨慎谦逊的。在动物界中，各种各样的特性是分散的，在同一时间分别具有一两种特性，而在人类，则每一个成员，无数特性强弱不同地集中成为种种的本能。

❀ 《马克·吐温自传》

他(罗杰斯先生)不是唯一的人，不过在我所说的特性方面，他是伟大得独特的，他们几乎是独一无二、无法匹敌的。

❀ 《马克·吐温自传》

要是我们继续研究动物界无数动物千差万别的脾性，我们会发现每

一类别的动物都是由一项显著的特性决定的。我们还会发现，所有这些特性，所有这些特性的影子，在人类身上也是有的。

✽ 《马克·吐温自传》

一个人写一本有关他平生私人生活的书——一本在他还活着的时候给人们看的书——总是不敢真正直言不讳地说话，尽管他千般努力，临了还得失败。

✽ 《马克·吐温自传》

我们的用词，从精神上来说，可以说是我们阅读的东西通过各种各样的渠道投射下来的影子。

✽ 《马克·吐温自传》

我们自己用的得意的词汇，其实绝非来自我们自己。属于我们自己的，无非只是依照我们的脾气、性格、环境、教育与社会关系而作的些微修改而已。只是这么点修改，使之区别于别人的表达方式，打下了我们特有风格的烙印，暂时算作是我们自己的东西。别的统统都是些陈年旧货，是几千几万年来世世代代的人说过的陈词滥调而已。

✽ 《马克·吐温自传》

他的成功是由于讲话的内容，不是讲话的方式。

✽ 《马克·吐温自传》

不论哪一个本子，都不能光是照本宣读。为什么这样？理由很多，不过有一个理由也许是最明显不过的了。照本宣读，那是在讲别人家的故事，是做的第二手的事，你只是在模仿人家，而不是当事人。你是人为地编造出来的，并非是真实的人。反之，离开本本讲，你进入了角色，你

成了他那个人,这和演员的道理一样的。

✱ 《马克·吐温自传》

幽默作家决心要唤醒、引导你的爱,你的怜悯,你的仁慈——你对虚假、伪善、诈骗的嘲笑——你对弱者、穷人与不幸的人们的同情。

✱ 《马克·吐温自传》

当我还能把一篇演讲稿记得牢牢的时候,我总是信守这一条规定——为了我自己起见,倒不是为了听众。一个演讲稿,如果背得滚瓜烂熟,就可以通过各种诀窍和技巧,把听众全给懵住了,使之对演讲人的才能五体投地,以为演讲人能够毫无准备,随时站起来,从从容容地吐出字字珠玑,如同天赋差些的人说些没有光彩的日常语言那样轻易。

✱ 《马克·吐温自传》

一个人在讲台朗诵的时候,很快地便会意识到,在技巧中,有一种最强大的武器,其效果是难以估量的,那就是停顿——这个令人难忘的沉默,这个雄辩的沉默,这个带有几何级数性质的沉默,往往能收到预期的效果,为任何即使善于措辞的语言所无法达到的。

✱ 《马克·吐温自传》

有人说,一本小说纯粹只是一种艺术品,如此而已。在小说里,你决不要布道,决不要说教。小说也许是这样,不过幽默并非如此。幽默决不可以教训人自居,以布道者自居,可是如果它要永远流传下去,必须两者兼而有之。

✱ 《马克·吐温自传》

要是幽默来得自然,不请而自到,我便准许它在我的布道中有一席

聆听感悟大师经典

之地,不过我并不是为了幽默而写下布道的讲稿。不论幽默有没有申请要来,布道的讲稿我总是要写的。

❋ 《马克·吐温自传》

在幽默的领域里,重复的威力是很大的。几乎任何一个用词确切、一成不变的习惯用语,只要每隔一段时间郑重其事地重复它五六次,最后总是逗得人家忍不住笑起来。

❋ 《马克·吐温自传》

他们对幽默具有一些乱七八糟的领会。只看到一千种低级、琐碎的事物的可笑的一面——主要是非常明显的不协调、荒谬、怪诞以及引人发笑的东西。而世界上还有一万种高级的滑稽可笑的东西,就不是他们迟钝的眼光能看到的了。

❋ 《马克·吐温自传》

这一篇是一个生气勃勃的心灵所写的,其中有火,我认为这是文学。

❋ 《马克·吐温自传》

没有原料,故事是无法前进的,空空如也是写不出来的。

❋ 《马克·吐温自传》

编出一句格言比把事情做好更费心思。

❋ 《赤道环游记》

真实的事情比虚构的故事更希奇;但这是因为虚构的故事必须符合可能性,而真实的事情却不必顾及这一点。

❋ 《赤道环游记》

高尚美好的作品，是不应该草率赶制的。

❋ 《夏娃日记》

使用形容词的时候，如有疑问，就把它划掉好了。

❋ 《傻瓜威尔逊》

天下再没有什么事情像一篇动听的演说那么具有煽动力，它可以把那些不熟悉演说的把戏和魔力的听众的神经器官弄得昏昏癫癫，推翻他们的信念，败坏他们的感情。

❋ 《败坏了赫德莱堡的人》

这是一幅平静的、梦境中的图画，那么悦目，那么安神。要是我们不论在什么时候，只要心里高兴，就可以迁到这种地方去，那生活在这世界上就会比现在舒服多了，因为换一个景色会把精神上的重担移到另一只肩膀上去，会把精神跟身体上陈旧的、积累已久的疲劳都驱逐一空。

❋ 《神秘的陌生人》

呵护灵魂

信仰

品德

信　仰

在古代,人们寿命长,有的在演说技巧上,有的在战术指挥上,有的在文艺创作上,像牛马一样苦斗一生,才倒下死去,临终还暗自庆幸自己总算有了千古不朽的事迹,永垂不朽的美名。

❋ 《傻子出国记》

美名盛誉恰似过眼烟云。

❋ 《傻子出国记》

一个伟大人物怀有远大目标,就可以使孱弱的身体强壮起来,而且可以一直保持强壮。

❋ 《冉·达克》

她是忠实的化身,她是坚贞的实体。她一旦确定了立场,站定了脚步,她就屹立不移;即使地狱当前,也不能够使她移动寸步。

❋ 《冉·达克》

她的浑朴倒是一座堡垒;种种技巧、狡狯、从书本上得来的学问,以及一切都像飞弹一样从这座堡垒的无感觉的砖石上反跳回来,毫无杀伤

地落在地上；它们怎样也不能驱逐掉堡垒里面的守军。

❋ 《冉·达克》

倘使一个人信奉他所知道的东西，并且不为他所不能确定的东西而烦扰，那么，他对他所知道的东西就会有更加坚定的意念。

❋ 《冉·达克》

文人的名誉是他的生命，他不妨在钱上面穷一些，可是不能在品德方面差分毫，你务必一分一毫赚回来，把欠债还清楚。

❋ 《马克·吐温自传》

荣誉不是法令所管得到的。

❋ 《马克·吐温自传》

表面的名望，不论多么大，总是不能永存的，是能够消灭的。

❋ 《马克·吐温自传》

一个作家也许很有名望，但限于表面，后来便失掉了名望，被人们所怜悯，所轻视，然后被忘掉，彻底忘掉——表面的名望往往走的是这条路。

❋ 《马克·吐温自传》

一件事既然为历代累积的经验所支持，便会自然而然一步一步地变成证据；如果这样继续发展下去，终有一天它会变为权威——权威是根深蒂固的磐石，就会经久不磨。你们的名声将流芳千古，你们将在历史上添上不朽的一页。

❋ 《稀奇的经验》

信仰是可以创造奇迹的。

❋ 《赤道环游记》

天才们总认为完全理解自己干的那一行,因此不愿听别人的意见,只照自己的主张办事,使得大家都背离他们、鄙视他们。

❋ 《汤姆·索西出国旅行记》

谁叫我不是一个专会赚钱、没有心肝的杂货店老板,偏要饿着肚子当一个绝顶天才的雕刻家呢?

❋ 《罗马卡庇托尔博物馆的维纳斯神像》

品　德

　　我只要求你们做事公正，不亏良心，因为我们将来临死的时候，如果回想我们一辈子没有冤枉一个人，良心不亏，死就不会那样可怕了。

❀　《镀金时代》

　　用不着操心去装门面，不必苦心焦虑去勾心斗角，也不必为了妒忌别人和患得患失而烦恼。

❀　《镀金时代》

　　因为一个人受了朋友的冷淡，总爱把别人的动机说得差一点，才能使自己的面子下得去，而不肯承认这是自己的错误。

❀　《镀金时代》

　　人家个个胆小如鼠，他却无畏无惧；人家出于保全性命的本能，吓得发了疯，心里毫无怜悯，他却满怀慈悲；当时父母不顾儿女，朋友不认朋友，姊妹苦苦哀求，哭声犹在耳根，做兄弟的弃之不顾，他却伸出手来，费尽心机，慷慨解囊，帮助大家，鼓舞大家，跟大家一起祈祷。

❀　《傻子出国记》

凡人怎能自称是人,却又自甘堕落,反以为乐呢?

❀ 《傻子出国记》

他们生来用不着动脑筋——他们生来用不着为世事操心。他们这帮人没身份、没德行、没教养、没头脑、没才气——在糊里糊涂的一生中,始终存在出人意外的平安。

❀ 《傻子出国记》

道德心的功能是叫人区别好坏,让人们随心所欲地挑选一样来做。可是从这里他可以得到些什么好处呢?他不断地挑选,而十有八九他倒宁可挑选坏的,世界上不应当有什么坏事情;没有了道德心,就不会再有什么坏事情。然而人是那么一种不懂道理的动物,他们没法看到:就是因为有了道德心,他们才落到生物的最底层去。谁具有它,谁就堕落。

❀ 《神秘的陌生人》

谨慎纯粹是一种心的质性,它是凭感觉而不是凭理智进行的,它所能达到的限度是相应地更广阔、更崇高的,使它能够觉察和避免根本不存在的任何危险。

❀ 《冉·达克》

自己做了错事,值得责备的人却最爱迁怒于人。

❀ 《冉·达克》

聪明人一发觉自己把事情看错了,就要改变他们的主张的。

❀ 《冉·达克》

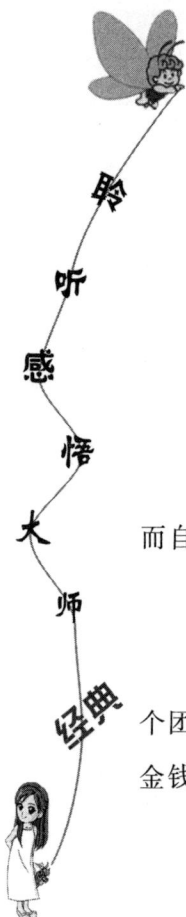

他为人诚实,就像日月经天,人人皆知。

❋ 《马克·吐温自传》

人应该一开始便死去,然后他才会这么早地诚实起来。

❋ 《马克·吐温自传》

他从来没有想到以此自夸;不,他心里想到的,只是爱慕人家所具备而自己身上所缺乏的优秀品质。

❋ 《马克·吐温自传》

他很富,很慷慨,很慈悲,散钱散得很大方。可是如果某个人或者某个团体侵犯他的利益,哪怕只有一角钱,他也要为此花上价值数千元的金钱、精力和时间,决不放手,在胜负决定以前,决不把旗降下来。

❋ 《马克·吐温自传》

人家只对少数几件事有兴趣,而她则一直到死那一天,对整个世界,对世界上每一件事、每一个人都有强烈的兴趣。

❋ 《马克·吐温自传》

她总有理由原谅人家,总有理由爱人家,即使是其中最凶恶的,即使她自己为此而受累,她也不在乎。她天生是无依无靠的人的贴心人和朋友。

❋ 《马克·吐温自传》

靠撒谎得来的光荣很快便成了最不愉快的负担。

❋ 《马克·吐温自传》

谎言不能持久。

❋ 《马克·吐温自传》

　　她生命的最后一息，她始终既是少女，又是妇女。外表庄重而文静，却燃烧着同情、精干、忠诚，热忱和浩瀚的爱的那种永不熄灭的火焰。她身子骨始终是虚弱的，靠她的精神力量支撑着，她那种充满希望与勇气的心是什么也摧毁不了的。

❀　《马克·吐温自传》

　　她总是高高兴兴的，而且她总是能把高兴的心情感染给别人。在我们九年贫困、负债的日子里，她总是能够说服我不要绝望，要在茫茫云雾中看到光明的一面，并且确实设法让我看到了光明。

❀　《马克·吐温自传》

　　她体型瘦小，但心地宽宏——宽宏到对每个人的痛苦和每个人的幸福都装得下。

❀　《马克·吐温自传》

　　当一个人甚至连自己也欺骗不了的时候，要骗得了人爱是很困难的。

❀　《马克·吐温自传》

　　向男人借债，靠女人活命的惨淡、窘困，是虽生犹死的生活。

❀　《马克·吐温自传》

　　你为人像水一般软弱，这一点人家很快就会发现的。他们不用费什么劲就会发现你为人没有骨气。他们可以像对付一个奴隶一样对付你。

❀　《马克·吐温自传》

　　惩罚只有一个合理的目的与作用——那就是提醒犯了错误的人不

聆听感悟大师经典

要再犯。

❉ 《马克·吐温自传》

光靠大声叫嚷,并不能证明什么事情。一只母鸡不过下了一个蛋,却每每要咯咯地叫一阵,好像它生下了一颗小行星似的。

❉ 《赤道环游记》

人类的虚荣心是不值价的,随时都有别的事情潜伏着,一有机会就叫它烟消云散。

❉ 《赤道环游记》

有些人相信诚实总是上策。其实这是迷信;有时候假装诚实要比真正的诚实强好几倍。

❉ 《赤道环游记》

不声不响的谎话和说出来的谎话之间的唯一的区别,就是不声不响的谎话比另外那一种还更不体面。而且这种谎话是能够骗人的,而另外那一种却骗不了人。

❉ 《赤道环游记》

猫和谎话之间的主要区别就是猫只有九条命。

❉ 《赤道环游记》

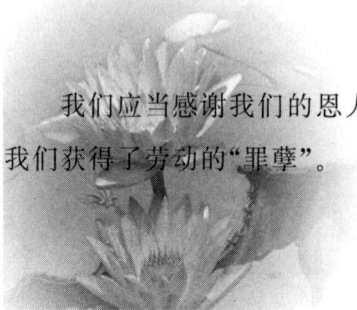

我们应当感谢我们的恩人亚当,他使我们摆脱了闲暇的"幸福",给我们获得了劳动的"罪孽"。

❉ 《赤道环游记》